1872. 12 Décembre

NOTICE

DE

LIVRES DE LITTÉRATURE FRANÇAISE

(DE L'ÉCOLE ROMANTIQUE)

PIÈCES DE THÉATRE, ETC.

Dont la vente aura lieu le jeudi 12 décembre 1872

à sept heures du soir

Rue des Bons-Enfants, 28 (maison Silvestre)

SALLE N° 1

Par le ministère de Me DELBERGUE-CORMONT, commissaire-priseur

Rue de Provence, 8

Assisté de Adolphe LABITTE, libraire, rue de Lille, 4.

La vente se fera au comptant, 5 % en sus des enchères.

---

1. Le Jardin des roses de la vallée des larmes, traduit du latin par J. Chenu. *Paris, J. Gay*, 1862, pet. in-12, pap. de Holl. mar. br. large dent. tr. dor.

2. Lettres spirituelles de messire J.-B. Bossuet à une de ses pénitentes. *Paris, Desaint et Saillant*, 1746, in-12, br. non rogn.

3. Paroles d'un croyant, 1833, par F. de La Mennais. *Paris, Eug. Renduel*, 1834, in-8, br.

4. Le Bouquet parlant du fleuriste amateur, dédié aux belles, composé de cinquante fleurs ou plantes, accompagnées chacune d'une devise symbolique et de l'horoscope le plus juste, dessinées et gravées par M. Chevalier. *Paris, Lamy*, 1780, pet. in-12, v. éc.

   Joli petit volume assez rare.

5. Les Classiques de la table à l'usage des praticiens et des gens du monde, avec les portraits gravés au burin et des illustrations par Isabey, Vernet, Alf. Johannot, etc. *Paris, Martinon*, 1844, gr. in-8, fig. br.

6. Traité de la dissolution du mariage pour cause d'impuissance, avec 99 pièces curieuses sur le même sujet (par Jean Bouhier). *Luxembourg, J.-M. Vander Kragt*, 1735, pet. in-8, v. marbr.

7. Les Excentricités de la langue française en 1860, par Lorédan Larchey. *Paris*, 1860, in-18, br.

Deuxième édition, avec frontispice.

8. Albums pittoresques, par Gavarni. Fourberies de femmes. Les Enfants terribles. Le Carnaval de Paris. Clichy. Paris le soir. Les Etudiants de Paris. *Paris*, 1848-1849, 3 vol. gr. in-8, br.

9. Scènes de la vie privée et publique des animaux, vignettes par Grandville. Études de mœurs contemporaines, par MM. de Balzac, G. Sand, Ch. Nodier, Stahl, J. Janin, etc. *Paris, Marescq*, 1854, gr. in-8, br.

10. Fables morales et nouvelles, par M. Furetière, abbé de Chalinoy. *Paris, L. Billaine*, 1671, in-12, cart. — Nouvelle allégorique, ou histoire des derniers troubles arrivez au royaume d'éloquence (par le même). *Paris, P. Lamy*, 1658, pet. in-8, vél.

11. Fables et Contes mis en vers, par S.-P. de Mérard Saint-Just. *Parme, Bodoni*, 1792, 2 vol. in-12, demi-rel. dos et coins de mar. br. non rogn.

12. Recueil de 140 chants et chansons révolutionnaires, avec airs et musique, en 1 vol, in-8, demi-rel. mar. r. tête dor. non rogn.

Très-curieux et très-rare. Cette réunion de chants et chansons est peut-être unique.

13. Les Concerts républicains, ou Choix lyrique et sentimental. *Paris, Louis, an III*, in-18, fig. de Quéverdo, demi-rel. dos et coins de mar. r. tête dor. non rogn.

14. Essais en vers et en prose, par Joseph Rouget de Lisle. *Paris, P. Didot l'aîné*, 1796, in-8, pap. vél. fig. de Le Barbier, v. rac. dent. tr. dor.

15. Sept Messéniennes nouvelles, par M. C. Delavigne. *Paris, Ladvocat*, 1827, in-8, v. ant. fil. — Trois Messéniennes, par M. Odry. *Paris, au Foyer des Variétés*, 1824, in-8, br.

16. La Guzla, ou Choix de poésies illyriques recueillies dans la Dalmatie (par Mérimée). *Paris, Levrault*, 1827, in-18, portr. cart. — La Conversion d'un romantique, de J. Delorme, publié par M. A. Jay. *Paris, Moutardier*, 1830, in-8, demi-rel. v. viol. — Emaux et Camées, par Th. Gautier. *Paris, Didier*, 1853, in-18, br. — Il Vivere, par S. Bach. *Paris*, 1836, in-8, br.— Euménides, par Ed. d'Anglemont.

Paris, 1840, in-8, br. — Stockholm, Fontainebleau et Rome, trilogie dramatique, par Alex. Dumas. *Paris, Barba*, 1830, in-8, demi-rel. mar. viol. — Empédocle, vision poétique, suivie d'autres poésies, par J. Polonius. *Paris, Aimé-André*, 1829, in-18, br. — Nouveaux Essais poétiques, par Mlle Delphine Gay. *Paris, Dupont*, 1826, in-18, br. — Une Voix de plus, par Aug. Desplaces. *Paris, Ch. Gosselin*, 1839, in-18, br. — Poëmes, Odes, Epîtres et Poésies diverses, par X.-B. Saintine. *Paris, Ladvocat*, 1823, in-18, br. — Tableaux poétiques, par de Rességuier. *Paris, Cassel*, 1829, in-18, fig. demi-rel. v. — Rimes galantes, par Ch. Corau. *Paris, Amyot*, 1847, in-8, demi-rel. bas. — — Louison d'Arquien, par Ch. Rabou. *Paris, Dumont*, 1840, in-8, br. — Erostrate, poëme, par M. X. Labensky. *Paris, Gosselin*, 1840, in-8, br. — Le Sacerdoce littéraire, par M. Aristophane. *Paris, Vimont*, 1832, in-8, br. — Théâtre de Clara Gazul. *Paris, Sautelet*, 1826, in-8, non rel. — Les Petits Mystères de l'Opéra, par Alb. Second. *Paris, Kugelmann*, 1844, in-8, fig. br. — Poésies de Mme V. Vernet. *Paris, F. Didot*, 1831, in-8, cart.—Ensemble : 17 vol. rel. et br.

Réunion de volumes rares, la plupart en éditions originales.

17. VICTOR HUGO. Les Orientales (seconde édition). *Paris, Gosselin*, 1829, in-18, br.—Marion Delorme, drame, 2ᵉ édit. *Paris, Renduel*, 1831, in-8, demi-rel. bas.— Les Orientales, 8ᵉ édit. *Paris, Gosselin*, 1833, in-8, fig. sur chine, br.— Bug-Jargal, 1791, 6ᵉ édit. *Paris, Delloye*, 1839, in-8, br. — Marie Tudor, drame. *Paris, Renduel*, 1836, in-8, br. — Lucrèce Borgia, drame. *Paris, Renduel*, 1836, in-8, br. — Les Burgraves, trilogie. *Paris, Michaud*, 1843, in-8, br. — Les Enfants (le Livre des mères). *Paris, Hetzel, s. d.*, in-12, br.

18. Les Chants du crépuscule, par Victor Hugo. *Paris, E. Renduel*, 1839, in-8, br. — Les Feuilles d'automne, par le même. *Paris, Delloye*, 1841, in-8, br. — Les Chansons des rues et des bois, par le même. *Paris, A. Lacroix*, 1866, in-8, br.

19. Les Voix intérieures, par V. Hugo. *Paris, E. Michaud*, 1843, in-8, br.— Les Rayons et les Ombres, par le même. *Paris, Delloye*, 1840, in-8, br.

20. Odes et Ballades, par V. Hugo. *Paris, E. Michaud*, 1843, 2 vol. in-8, br.

21. Les Orientales, par V. Hugo. *Paris, E. Michaud*, 1844, in-8, br.

22. Le Retour de l'empereur, par V. Hugo. *Paris, Furne*, in-18, br. — Napoléon le Petit, par le même, in-32, demi-

rel. (*Manque le titre.*) — Les Châtiments, par le même. *Genève et New-York,* 1853, in-32, br.

23. L'Année terrible, par V. Hugo. *Paris*, *M. Lévy*, 1872, in-8, br.

Première édition.

24. Chez Victor Hugo, par un passant, avec 12 eaux-fortes, par M. Maxime Lalanne. *Paris, Cadart et Luquet*, 1864 in-8, pap. vél. br.

25. Victor Hugo raconté par un témoin de sa vie. *Paris, A. Lacroix,* 1863, 2 vol. gr. in-8, demi-rel. dos et coins de mar. v. tête dor. non rogn. (*David.*)

26. Lettre à M. V. Hugo, par M. Alex. Duval. *Paris,* 1823. in-8, br. — Lettre à M. V. Hugo, sur la peine de mort, par X. Forneret. *S. l.*, 1851, in-8, br. — Souvenir du banquet offert à V. Hugo, le 16 sept. 1862, par Gust. Frédéric, *Bruxelles,* 1862, in-18, br. — Une Pichenette sur les fantaisies orientales de M. V. Hugo, par un jeune bachelier ès-lettres. *Paris,* 1829, in-8, br. — Le Dernier Jour d'un condamné, époque de la vie d'un romantique, par MM. Dartois, Masson et Barthélemy. *Paris,* 1829, in-8, br. — L'Homme qui rit, par Touchatout. *Paris, s. d.*, in-8, br. — Maison Victor Hugo et Ce, 1842 et 1871, par J.-P. Bic. *Paris, E. Lachaud,* 1871, in-8, br. — Victor Hugo à l'école de droit. — Le Cas de Jean Valjean, par Ch. Joffrin. *Paris*, *Dentu*, 1862, in-8, br. — Etude sur les Misérables de V. Hugo, par Courtat. *Paris*, 1862, in-8, br. — Les Misérables pour rire, parodie. *Dentu,* 1862, in-32, br. — Victor Hugo. Actes et Paroles, 1870-71-72. *Paris*, *M. Lévy*, 1872, in-18, br.

27. Le Sylphe, poésies de feu Ch. Dovalle, précédées d'une notice par M. Louvet, et d'une préface par V. Hugo. *Paris, Ladvocat*, 1830, in-8, br. non rogn.

Édition originale, très-rare. Bel exemplaire.

28. Epître de Boileau, par M. Dumas. *Paris, H. Fournier* 1836, in-8, non rel.

29. Poésies complètes de Alfred de Musset. *Paris, Charpentier*, 1846, in-12, br.

30. Ch. Monselet. A la Famille royale. Marie de Ferdinand, poëme. *Bordeaux*, 1842, gr. in-8, br. — Bordeaux artiste. *Bordeaux, Sauvat,* 1855, in-32, br. — Les Oubliés et les Dédaignés, figures littéraires de la fin du XVIIIe siècle. *Paris, Poulet-Malassis*, 1859, in-12, br. — Une Chansonnette des rues et des bois. *A Chaillot*, 1865, in-32, br. — Les Potages Feyeux, 12 sonnets inédits. *S. l. n. d.*, in-32, br. — De Montmartre à Séville. *Paris*, *Faure*, 1865, in-12, br.—

Portraits après décès. *Paris, Faure*, 1866, in-12, br. — Acteurs et Actrices. *Paris, le Chevalier*, 1867, in-32, fig. br.— La Lorgnette littéraire (complément). *Paris, R. Pincebourde*, 1870, in-16, br.— Les Créanciers, œuvre de vengeance, avec une cruelle eau-forte d'Emile Bénassit. *Paris, à la salle des Pas-Perdus et chez R. Pincebourde*, 1870, gr. in-8, pap. teinté. (*Tiré à petit nombre, épuisé.*)

31. Les Fleurs du mal, par Ch. Baudelaire. *Paris, Poulet-Malassis*, 1857, in-12, br. non rogn.

Édition originale.

32. Th. de Banville. Odes funambulesques. *Alençon, Poulet-Malassis*, 1857, pet. in-8, br. non rogn. eau-forte de Bracquemond, couverture tirée rouge et noire.

Bel exemplaire de l'édition originale de ce superbe livre. Très-rare.

33. Fables-Proverbes, par Berlot Chapuit, édit. illustrée d'après les dessins de Rosa Bonheur, Bertall, Daubigny, J. David, Gavarni, etc. *Paris, Garnier*, 1858, in-8, br.

34. Th. Gautier. Emaux et Camées, seconde édition, augmentée. *Paris, Poulet-Malassis*, 1858, pet. in-8, pap. vélin, eau-forte de Thérond, contenant le portrait de l'auteur.

Très-joli volume, devenu rare.

35. Pendant l'Invasion, poëmes, par Joséphin Soulary. *Paris, Alph. Lemerre*, 1871, in-18, br.

36. Recueil de 150 chansons avec musique, chantées dans les cafés-concerts pendant les années 1870, 1871 et 1872, en ff.

37. Les Beautés de lord Byron, galerie de quinze tableaux, tirés de ses œuvres, accompagnée d'un texte traduit par Amédée Pichot. *Paris, Aubert*, 1839, in-4, fig. avant la lettre.

Mouillé.

38. La Divine Comédie de Dante, trad. en vers par Louis Ratisbonne. Le Paradis. Le Purgatoire. *Paris, M. Lévy*, 1865, 2 vol. in-12, br.

39. La Description de l'Isle d'Utopie, où est compris le Miroer des républiques du monde et l'exemplaire de la vie heureuse, rédigé par Thomas Morus... avec l'Espistre liminaire, composé par M. Budé. *Paris, Ch. l'Angelier*, 1550, in-8, fig. sur bois, v. gr.

40. L'Histoire des imaginations extravagantes de M. Oufle (par l'abbé Bordelon). *Paris, Duchesne*, 1754, 4 vol. in-12, fig. br. non rogn.

41. Les Avantures de M. d'Assoucy. *Paris, Cl. Audinet*, 1677, 2 tom. en 1 vol. in-12, bas. — Le Somnambule, œuvres posthumes en prose et en vers (par Mme Fanny Beauharnais). *Paris, F. Didot*, 1786, in-8, cart. — Mémoire de Rohan, contre M. le Procureur général. *Paris*, 1786, in-8, demi-rel. — Traduction de l'Essai sur l'homme de Pope, par M. de Fontanes. *Paris, le Normant*, 1821, in-8, br. — — La Déroute des Césars. La Gaule très-chrétienne et le Czar orthodoxe, par D. Laverdant. *Paris*, 1851, in-12, demi-rel. mar. br.

42. Le Hazard du coin du feu, dialogue moral (par Crébillon fils). *La Haye*, 1763, pet. in-12, v. éc.

Rare.

43. Le Philosophe nègre et les Secrets des Grecs (par Mailhol). *Londres*, 1762, in-12, bas. — Le Fils naturel. *Genève et Paris*, 1789, 2 vol. pet. in-12, fig. br. — De l'Amour, par Stendhal. *Paris*, 1833, 2 vol. in-12, br.

44. L'Espion dévalisé (par Baudouin de Guénadeuc). *Londres*, 1782, in-12, demi-rel. v. bl. — Le Colporteur, histoire morale et critique par M. de Chevrier. *Londres, J. Nourse, l'an de la Vérité*, in-12, br. — Le Citoyen du monde, par M. de Monbron. *Londres*, 1761, in-8, br.

45. H. DE BALZAC. Michel et Christine, et la suite, par Viellergli A. de Saint-Alme (attribué à de Balzac). *Paris, Pollet*, 1823, 3 vol. in-12, br. — Code des gens honnêtes, ou l'Art de ne pas être dupe des fripons. *Paris, Barba*, 1825, in-12, cart. non rogn. — Le Faiseur, comédie. — *Paris*, 1853, in-12, br. — Les Peines de cœur d'une chatte anglaise. *Paris, Blanchard*, 1853, in-18, br. — Les Fantaisies de Claudine. *Paris, Didier*, 1853, in-18, br.

46. Mérimée. La Double Méprise, par l'auteur du Théâtre de Clara Gazul. *Paris*, 1833, gr. in-8, br. non rogn.

47. CHAMPAVERT. Contes immoraux, par Pétrus Borel, le lycanthrope. *Paris, Renduel*, 1833, in-8, mar. r. fil. tr. dor. (*David.*)

Édition originale, rare et recherchée. Les premiers feuillets sont fatigués.

48. Champavert. Contes immoraux, par Pétrus Borel, le lycanthrope. *Bruxelles, J. Blanche*, 1872, in-8, frontispice à l'eau-forte de M. Adr. Aubry, br.

49. Littérature et Philosophie mêlées, par V. Hugo. *Paris, E. Renduel*, 1834, 2 vol. in-8, br. — Le Dernier Jour d'un condamné, par le même. *Paris, E. Renduel*, 1832, in-8, demi-rel. v. viol. (*Papier teinté.*)

50. Notre-Dame de Paris, par V. Hugo. *Paris, E. Michaud*, 1843, 3 vol. in-8, br.

51. Lassoully. Les Roueries de Trialph, notre contemporain, avant son suicide. *Paris, Silvestre,* 1833, in-8, demi-rel. v.

Beau de marges. Bon exemplaire d'un livre fort rare et des plus étonnants.

52. Philothée O'Neddy. Feu et Flamme. *Paris, Dondey,* 1833, in-8, eau-forte de C. Nauteuil sur chine, remmargée, br. non rogn.

Rare. Bel exemplaire.

53. Pignerol. Histoire du temps de Louis XIV, 1680, par P. L. Jacob, bibliophile. *Paris, Eug. Renduel,* 1836, 2 vol. in-8, br. non rogn. (*Rare.*)

54. Pétrus Borel (le lycanthrope). Madame Putiphar. *Paris, Ollivier,* 1839, très-légère marque de cachet, quelques ff. fatigués, ex. lavé et encollé, frontispices à l'eau-forte, un dans chaque tome, épreuves d'essai et d'état différent fort belles, l'une bistre et l'autre noire, plus un portrait en pied de l'auteur, par Boulanger, gravé à l'eau-forte pour l'artiste, par C. Nanteuil. 2 vol. in-8, maroq. r. jansén., poli et à nerfs, tr. dor. et peu rognées, dent. à l'intér. (*Petit.*)

On sait que ce livre est à peu près introuvable et qu'il est un des plus recherchés. Pour en connaître l'étrange originalité, il faut lire l'étude de Claretie publiée dans la Bibliothèque originale, pages 84 à 105. V. aussi les *Mélanges,* par Asselineau, pages 30 et 31.

55. Louis Bertrand. Gaspard de la Nuit, fantaisies à la manière de Rembrandt et de Callot, précédées d'une notice par Sainte-Beuve. *Angers,* 1842, gr. in-8, demi-rel. mar. très-grand de marges.

Édition originale de ce romantique, qui a eu les honneurs d'une réimpression, mais sans la notice de Sainte-Beuve. La typographie de ce livre est curieuse par son caractère romantique.

56. LES CONTES DROLATIQUES, colligez ez abbayes de Touraine et mis en lumière par le sieur de Balzac, illustrés de 425 dessins par Gustave Doré. *Paris, ez bureaux de la Société générale de librairie,* 1855, in-8, mar. r. fil. tête dor. non rogn. (*Petit.*)

Exemplaire sur papier de Chine.

57. A. Scholl. Les Esprits malades. 1855. — Histoire d'un premier amour, 1860.— Un double, avec envoi autographe de l'auteur. — Aventures romanesques. *S. d.,* ensemble : 4 vol. in-12, demi-rel. mar. r. et br.

58. Les OEuvres de M. Molière, édit. nouvelle, enrichie de figures en taille-douce et augmentée des œuvres posthumes.

Amsterdam, H. Wetstein, 1691, in-12, demi-rel. dos et coins de v. r.

Recueil de 11 pièces.

59. Molière. Les Précieuses ridicules, édition originale, réimpression textuelle par les soins de L. Lacour. *Paris, Académie des bibliophiles*, 1867, in-18, br.

60. Le Portrait du peintre, ou la Critique de l'École des femmes (par Boursault). *S. l. n. d.*, in-12, br. (*Extrait.*) — Molière le critique et Mercure, aux prises avec les philosophes. *En Hollande*, 1707, in-12, br. — Molière chez Ninon, ou la Lecture de Tartuffe, comédie, par MM. Chazet et Dubois. *Paris, Girard*, 1802, in-8, br. — Molière avec ses amis, ou la Soirée d'Auteuil, comédie, par Andrieux. *Paris, Masson*, 1804, in-8, br. — Molière à la nouvelle salle, ou les Audiences de Thalie, comédie. *Paris, Lambert*, 1782, in-8, br. — Molière, ou le Souper d'Auteuil, comédie, par MM. J.-A. Jacquelin et Rigaud. *Paris, Vente*, 1807, in-8, br. — Molière, drame, par G. Sand. *Paris, Blanchard*, 1851, in-18, br. — L'Ombre de Molière, par P.-J. Barbier. *Paris, Furne*, 1847, in-18, br. — Molière enfant, comédie par Ed. Vierne. *Paris, Lévy*, 1855, in-18, br. — Molière et Scribe, par F. d'Epagny. *Paris, A. Durand*, 1865, in-18, br. — L'Ombre de Molière, comédie, par Brécour. *S. l. n. d.*, in-12, br. — Le Retour de l'ombre de Molière, comédie. *La Haye, Ant. van Dole*, 1740, in-12, non rel.

61. La Centenaire de Molière, comédie, par M. Artaud. *Paris, Ve Duchesne*, 1773, in-8, br. — La Maison de Molière, comédie par M. Mercier. *Paris, Guillot*, in-8, br. — La Mort de Molière, pièce historique, par C. Palmezeaux. *Paris, Hugelet*, 1802, in-8, br.

Éditions originales.

62. Dissertation sur J.-B. Poquelin Molière, sur ses ancêtres, etc., par Beffara. *Paris, Vente*, 1821, in-8, br. — Dissertation sur la femme de Molière. *Paris*, 1824, in-8, non rel. — Histoire des pérégrinations de Molière dans le Languedoc, par Em. Raymond. *Paris*, 1858, in-18, br. — Dictionnaire de morale et de littérature, par Molière. *Paris*, 1838, in-18, cart. — De Quelques Travaux récents sur Molière, par Desoer. *Paris*, 1863, in-18, br.

63. Le Ménage de Molière, comédie par MM. Justin-Gensoul et A. Naudet. *Paris, Huet*, 1822, in-8, br. (*Edit. originale.*) — La Vie de Molière, comédie par MM. Dupeuty et Et. Arago. *Paris, Bezou*, 1832, in-8, br. — Molière comédie, dédiée à Mlle Mars. *Paris*, 1828, in-8, br.

64. Molière au théâtre, comédie par MM. Bayard et Romieu. *Paris, Brière*, 1824, in-8, br. (*Edit. originale.*) — Molière et Mignard à Avignon, comédie-vaudeville, par Eug. de Pradel. *Avignon*, 1829, in-8, br. (*Edit. originale.*) — Molière et son Tartuffe. *S. l. n. d.*, in-8, br.

65. La Fête de Molière, comédie par M. Samson. *Paris, Barba*, 1825, in-8, br. (*Edit. originale.*) La Mort de Molière, drame, par M. Dumersan. *Paris, Barba*, 1830, in-8, broch.

66. Molière, drame, par George Sand. *Paris, Marchant*, 1851, in-18, br. — Molière enfant, comédie, par Edouard Vierne. *Paris, M. Lévy*, 1855, in-18, br.

67. Phèdre, tragédie de Racine. *Paris, Barba*, 1818, in-8, br. — Hippolyte et Aricie, parodie. *Paris, Duchesne*, 1759, in-8, br.

68. La Targétade, tragédie un peu burlesque, parodie d'Athalie, de Racine. *S. l., an II*, in-8, cart.

69. Inès de Castro, tragédie, par M. Houdart de la Motte. *Paris, G. Dupuis*, 1723. — Agnès de Chaillot, comédie, par M. Dominique. *Paris, Fr. Flahault*, 1723. — Nitétis, tragédie, par M. Danchet. *Paris, Huet*, 1724. — L'Indiscret, comédie de Voltaire. *Paris, Pissot*, 1725. — Le Mauvais Ménage, parodie. *Paris, Flahault*, 1725, in-8, v. f.

70. Turcaret, comédie de le Sage. *S. l. n. d.*, in-8, br. (*Extrait.*) — La Métromanie, comédie, par M. Piron. *Paris, Duchesne*, 1774, in-8, br. — Le Grondeur, comédie de Brueys et Palaprat. *Paris, Barba*, 1817, in-8, br. — Les Dehors trompeurs, ou l'Homme du jour, de Boissy. *Paris*, 1817, in-8, br.

71. Les Festes des environs de Paris, parodie des Festes grecques et romaines. *Paris, veuve Delormel*, 1753, in-8, br. (*Edit. originale.*) — Le Café des artistes, vaudeville, composé en trois jours, par trois auteurs, et refusé à trois théâtres. *Paris, Huet, an VIII*, in-8, br. — Cadet-Roussel, ou le Café des aveugles, par C. Tissot et J. Aude. *Paris, Barba, an X* (1802), in-8, br.

72. Le Devin du village (par J.-J. Rousseau). *Paris, Chr. Ballard*, 1763, in-8, br. — Le Devin du village, intermède (paroles et musique de J.-J. Rousseau). *Paris, Ballard*, 1772, in-8, br. — Les Amours de Bastien et de Bastienne, parodie du Devin de village, par Mme Favart et M. Harny. *Paris*, veuve Duchesne, 1766, in-8, br.

Première édition, avec musique. Bel exemplaire.

73. Le Devin du village, intermède, par J.-J. Rousseau. *Genève, P. Gosse*, 1760, in-8, non rel. — Jean de Paris,

opéra-comique, par M. S. Saint-Just. *Paris, Vente*, 1816, in-8, br.— Aladin, ou la Lampe merveilleuse, opéra-féerie. *Paris, Roullet*, 1825, in-8, br.

74. Les Écosseuses de la halle, ambigu-poissard, par M. Taconet. *Paris, Langlois*, 1767, in-8, non rel.

Édition originale.

75. Œuvres de Desmahis. *Londres et Paris, Fétil*, 1775. — Narcisse dans l'isle de Vénus, poëme (par Malfilâtre). *Paris, Lejay, s. d.*, fig. d'Eisen et de Saint-Aubin. — Le Royaume mis en interdit, tragédie (par Gudin de la Brelenerie). *S. l. n. d.* (1767). — La Dunciade, ou la Guerre des sots, poëme (par Palissot). *A Chelsea*, 1764, in-8, bas.

76. Voltaire, ou une Journée de Ferney, comédie, par les CC. Pins, Barré, Radet, Desfontaines. *Paris, Barba*, 1802, in-8, br. — Voltaire chez Ninon, fait historique, par MM. Moreau et Lafortelle. *Paris, Barba*, 1806, in-8, br. (*Edit. originale.*) — Voltaire chez les Capuçins, comédie, par MM. Dumersan et Dupin. *Paris, Barba*, 1830, in-8, br. — Mahomet, ou le Fanatisme, tragédie de Voltaire. *Paris, Barba*, 1817, in-8, br.— Mahomet Barbe-Bleue, ou la Terreur des Ottomans, imitation burlesque de Mahomet II, par MM. Ourry et Merle. *Paris, Masson*, 1811, in-8, br. — Alzire, ou les Américains (par Voltaire). *S. l. n. d.*, in-8, non rel. — Les Sauvages, parodie de la tragédie d'Alzire, de MM. Romagnesi et Riccoboni. *Paris, Prault*, 1736, in-8, br. — Nanine, comédie de Voltaire. *Paris, Barba*, 1819, in-8, br. — Nanine, sœur de lait de la reine de Golconde, pastorale. *Genève et Paris, Ve Duchesne*, 1778, in-8, fig. br. — Le Brutus de M. de Voltaire. *Amsterdam, Ledet*, 1731, in-8, fig. non rel. — Le Bolus, parodie de Brutus, par MM. Dominique et Romagnesy. *Paris, L.-D. Delatour*, 1731, in-8, non rel. — Tancrède, tragédie en vers croisés (par Voltaire). *Paris, Prault*, 1761, in-8, br. — Tancrède jugée par ses sœurs, ou les Tragédies de M. de Voltaire, comédie. *Genève et Paris, Cailleau*, 1760, in-12, br.— Mérope, tragédie, de M. de Voltaire. *Paris, Prault*, 1758, in-8, br. — La Prude, ou la Gardeuse de cassette, comédie, par le même. *Paris*, 1769, in-8, br. — Le Café, ou l'Ecossaise, comédie, par M. Hume, trad. en français, par le même. *Paris, Duchesne*, 1780, in-8, br. — L'Orphelin de la Chine, tragédie, par le même. *Paris, Duchesne*, 1784, in-8, br. — L'Indiscret, comédie, par le même. *Paris, Prault*, 1742, in-8, br.

77. Iphigénie en Tauride, tragédie de Guimond de la Touche. *S. l. n. d.*, in-8, br.— Les Rêveries renouvelées des Grecs, parodie d'Iphigénie en Tauride. *Paris, de Lormel*, 1786,

in-8, br.— La Petite Iphigénie, parodie de la Grande. *S. l. n. d.*, in-8, br. — Momie, opéra burlesque, parodie d'Iphigénie, par M. Despréaux. *Paris, Ballard, s. d.*, in-8, non rel.

78. Titon et l'Aurore, pastorale héroïque, mise en musique par M. Mondonville. *S. l.*, 1762, in-8, br. — Le Rien, parodie des parodies de Titon et l'Aurore. *Paris, Duchesne*, 1753, in-8, br. — La Belle Arsène, comédie-féerie, par M. Favart. *Paris, Ve Duchesne*, 1780, in-8, br. — La Lingère, parodie de la Belle Arsène, comédie, par M. M*** de Saint-Aubin. *Amsterdam, Cailleau*, 1782, in-8, br. — La Caravane du Caire. *S. l. n. d.*, in-8, br. — Le Marchand d'esclaves, parodie de la Caravane, par MM. R. et R. *Paris, Duchesne, an VII*, in-8, br. — Nina, ou la Folle par amour, comédie, par MM. D.-V. *Paris, Brunet*, 1786, in-8, br. — Nani, ou la Folle de village, parodie de Nina, par Darcourt. *Chez Momus*, 1787, in-8, br.— La Nina de la rue Vivienne, folie-vaudeville, par MM. Francis, Dartois et Gabriel. *Paris, Delaunay*, 1821, in-8, br.

79. Les Deux Amis, ou le Négociant de Lyon, drame, par M. de Beaumarchais. *Paris, Ve Duchesne*, 1770, in-8, br.— Eugénie, drame, par le même. *Paris, Ve Duchesne*, 1782, in-8, br. — Le Barbier de Séville, ou la Précaution inutile, par le même. *Paris, Ve Duchesne*, 1785, in-8, br.— L'Autre Tartuffe, ou la Mère coupable, drame, par P.-A. Caron-Beaumarchais. *Paris, Rondonneau et Ce*, 1797, in-8, br. (*Edit. originale.*) — Tarare, mélodrame, par M. de Beaumarchais, augmentée du couronnement de Tarare. *Paris, P. de Lorme*, 1790, in-8, pap. vél. br. — Bagace, parodie de Tarare, comédie, par M. M*** de Saint-Aubin. *A Astragan, et se trouve à Paris, chez Guillot*, 1787, in-8, br. — Lanlaire, ou le Chaos, parodie de Tarare, par M. L. B... y de B... *A Gattières, et se trouve à Paris, chez Brunet*, 1787, in-8, br.

80. Momus fabuliste, ou le Mariage de Vénus et de Vulcain, comédie de Fuzelier. *Marseille, Sube et Laporte*, 1776, in-8, broch.

Édition originale.

81. La Fête des Tigres, pastorale héroïque. *Paris, Ruault*, 1782, in-8, br. — La Fête de l'Egalité, comédie, par Rodet et Desfontaines. *Paris, an II*, in-8, br. — La Fête de la Raison, opéra. *Paris, Patris, an II*, in-8, br. — La Fête de la Cinquantaine, opéra, par le C. Faur. *Paris, Huet*, 1796, in-8, br. — Les Fêtes de la Paix, avec un prologue. *S. l. n. d.*, in-8, br.

Éditions originales.

82. Les Après-Soupers de la société, petit théâtre lyrique et moral sur les aventures du jour (par de Sauvigny). *Paris*, 1783, 20 cahiers en 5 vol. in-18, fig. de Binet et Martinet, et musique notée, v. m. fil.

Exemplaire provenant de la bibliothèque de M. Desq.

83. Norac et Javolci, drame, par M. Marsollier des Vivetières, *Lyon*, 1785, in-8, br. (*Rare.*)

84. La Folle Journée, ou le Mariage de Figaro, comédie, par M. de Beaumarchais. *Au Palais-Royal, chez Ruault*, 1785, in-8, fig. de Saint-Quentin, br.

Édition originale.

85. La Folle Journée, ou le Mariage de Figaro, comédie, par M. de Beaumarchais. *Paris*, 1785, in-8, br. — Tarare, mélodrame, par le même. *Genève, P. Lallemand*, 1790, in-8, br. — La Mère coupable, ou l'Autre Tartuffe, drame, par le même. *Paris, Barba*, 1823, in-8, br.

86. La Folle Journée, ou le Mariage de Figaro, comédie, par M. Caron de Beaumarchais. *Amsterdam*, 1785, in-8, br. — Le Mariage de Figaro, comédie (supposée de Beaumarchais, par F. Verne). *Paris, chez les libraires associés*, 1784, in-8, broch.

Rare.

87. Le Mariage de Glogurrio, parodie du Mariage de Figaro. *Paris, chez les marchands de nouveautés*, 1784, in-8, br. (*Très-rare.*) — Le Repentir du Figaro, comédie, par M. Parisau. *Paris, Cailleau*, 1785, in-8, br. — Pétition à l'Assemblée nationale, par P.-A. Caron Beaumarchais, contre l'usurpation des propriétés des auteurs, par des directeurs de spectacles. *Paris*, 1791, in-8, br. — La Folle Soirée, parodie du Mariage de Figaro, par M. l'abbé B... y de B... *A Gattières, et se trouve à Paris, chez Couturier*, 1784, in-8, broch.

Rare.

88. Charles IX, ou l'École des rois, tragédie, par Marie-Joseph de Chénier. *Paris, Didot jeune*, 1790, in-8, pap. de Holl. br.

Édition originale.

89. L'Attentat de Versailles, ou la Clémence de Louis XVI, tragédie. *Genève et Paris*, 1790, in-8. br.

Édition originale.

90. Les Quatre Préjugés du ministre, ou la France perdue, tragédie welche. *S. l.*, 1790, in-8. br.

Édition originale.

91. Les Visitandines, comédie, par M. Picard. *Paris, Maradan*, 1792, in-8, fig. ajoutée, br. — Les mêmes. *Paris, Maradan*, 1793. — Les mêmes. *Paris, Barba*, 1814.

Il est très-curieux d'avoir ces trois pièces réunies, pour les différences qu'on y trouve.

92. Le Départ des volontaires villageois pour les frontière, comédie, par le C. Lavallée. *Paris*, 1793, in-8, non rel. — — Les Volontaires en route, ou l'Enlèvement des cloches, comédie, par J.-S. Raffard. *Paris, an II*, in-8, br. — Les Vrais Sans-Culottes, ou l'Hospitalité républicaine, par C. Rézicourt. *Paris, Huet, an II*, in-8, br. — Le Souper des Jacobins, comédie, par Arm. Charlemagne. *Paris, Barba*, 1797, in-8, br.

93. Allons, ça va, ou le Quaker en France, tableau patriotique, par le cousin Jacques. *Paris, Huet*, 1733, in-8, non rel. — La Famille patriote, ou la Fédération, pièce nationale, par Collot-d'Herbois. *Paris, Ve Duchesne*, 1790, in-8, br.

Éditions originales.

94. Marat dans le souterrain des Cordeliers, ou la Journée du 10 août, fait historique, par le C. Mathelin. *Paris, Maradan, an II*, in-8, br.

95. La Mort de Marat, tragédie, suivie de son apothéose, par le C. Barrau. *Toulouse, Baour, s. d.*, in-8, br. (*Edit. originale.*) — La Mort de M. Lepelletier, tragédie. *Paris, an V*, in-8, br. (*Edit. originale.*) — La Mort de Robespierre, tragédie, suivie de 14 dialogues. *Paris, Monory*, 1801, in-8, non rel.

96. L'Intérieur d'un ménage républicain, opéra-comique, par le C. Chastenet. *Paris, Lepetit, an II*, in-8, br. — L'Intérieur des comités révolutionnaires, ou les Aristides modernes, comédie, par le C. Durancel. *Paris, Barba, an V*, in-8, br. — Les Epreuves des républicains, ou l'Amour de la patrie, par le C. M. Laugier. *Paris, Maradan, an II*, in-8, br. — Les Suspects, comédie, par les CC. Picard et Duval. *Paris, Barba*, 1797, in-8, br. — Les Suspects et les Fédéralistes, par le C. Alph. Martinville. *Paris, Barba, an III*, in-8, br.

97. Charlotte Corday, tragédie, par J.-B. Salles. *Paris, J. Miard*, 1864, in-8, tiré in-4, br.

Exemplaire sur papier de Chine. Rare.

98. Othello, ou le More de Venise, tragédie, par Ducis. *Paris, Barba*, 1796, in-8, br. — Arlequin Cruello, parodie d'Othello, par les auteurs d'Arlequin afficheur. *Paris, an III*, in-8, br.

99. Les Rigueurs du Cloître, comédie, par Fiévée. *Paris, s. d.*, in-8, br. — Le Dernier Couvent de France, ou l'Hospice, anecdote, par les citoyens Corsange et Hapdé. *Paris, C*e *Toubou*, 1796, in-8, non rel. — Les Victimes cloîtrées, drame, par le C. Monvel. *Paris, Barba*, 1796, in-8, br.

Éditions originales.

100. Abufar, ou la Famille arabe, tragédie, par Ducis. *Paris, Barba, an III*, in-8, br. (*Edit. originale.*) — Abuzar, ou la Famille extravagante, parodie d'Abufar, par Radet, Barré et Desfontaines. *Paris, an V*, in-8, br.

101. Gabrielle de Vergy, tragédie, par de Belloy. *Paris, Duschesne*, 1797, in-8, br. — Gabrielle de Passy, parodie. *Paris, Duchesne*, 1777, in-8, br. (*Ed. originale*). — La Veuve du Malabar, tragédie, par Lemierre. *S. l.*, 1770, in-8, br. — La Veuve de Cancale, parodie, par M. Parisau. *Paris, Vente*, 1780, in-8, br.

102. La Petite Ville, comédie, par L.-B. Picard. *Paris, Huet, an IX* (1801), in-8, br.

Édition originale. Très-rare.

103. Aline, reine de Golconde, opéra de MM. Vial et Faviers. *Paris, Masson*, 1803, in-8, br. — Orphée aux enfers, opéra de M. H. Crémieux. Gr. in-8, br.

104. Les Ricochets, comédie, par L.-B. Picard. *Paris, Martinet*, 1807, in-8, br. (*Ed. originale, rare*). — Les Petits Ricochets, imitation par MM. E. Décour et J. Aude neveu. *Paris, Cavanagh*, 1807, in-8, br.

105. Mincétoff, parodie de Menzikoff par MM. Francis, Moreau et Desaugiers. *Paris, Barba*, 1808, in-8, non rel. — Ferblande, ou l'Abonné de Montmartre, parodie de MM. Clairville, O. Gastineau et W. Busnach. *Paris, Dentu*, 1870, in-18, br. — Ferdrandinette, ou la Rosière d'en face, parodie attribuée à feu Firmin Didot. *Paris, Dentu*, 1870, in-18, br.

106. Recueil de vingt-quatre pièces publ. sur la comédie des *Deux Gendres*. 1810-1812, br.

Les Deux Gendres, comédie en cinq actes et en vers, par M. Étienne. *Paris, le Normant*, 1811. — Conaxa, ou les Gendres dupés, comédie (faite vers 1710). *Paris, Michaud*, 1812. — Cadet-Roussel beau-père, imitation burlesque des *Deux Gendres*, comédie, par M. D***. *Paris*, 1810. — Bataille gagnée et perdue... ou Réflexions impartiales .. sur les *Deux Gendres* et *Conaxa*, par M. Mordax. *Paris, Dentu*, 1812. — Fin du procès des *Deux Gendres*... par M. H. Hoffman. *Paris, Barba*, 1812. — Epître sur la comédie des *Deux Gendres*, par L. V. R. *Meaux, Raoul*, 1812. — Epître à l'auteur des *Deux Gendres*... *Paris, Martinet*, 1812. — Appel à l'impartialité dans le procès... *Paris, Delaunay*, 1812. — Lettre de Nicolas Boileau à M. Etienne (par L. F.). *Paris, le Normant*, 1812. — Le Fauteuil de

M. Etienne. par M. D. J*** (Jetphort). *Paris, Dentu,* 1812. — Lettre d'Alexis Piron à M. Etienne. *Paris,* 1812. — Petite Lettre sur un grand sujet. *Paris, Martinet, janvier* 1812. — Le Secret de M. Lebrun-Tossa, par Henri L... *Paris, Michaud,* 1812. — Mes Révélations sur M. Etienne, par M. Lebrun-Tossa. *Paris, Dentu,* 1812. — La Stéphanéide... par Bouvet. *Paris, Dentu,* 1812. — Histoire de Jean Conaxa, riche marchand d'Anvers, publiée en 1673, par le R. P. Rinald, jésuite... suivie du parallèle de *Conaxa,* des *Deux Gendres,* des *Fils ingrats* et du *Roi Lear. Paris, Germain Mathiot,* 1818. — Vives Escarmouches avec M. Hoffman, par M. Mordax. *Paris, Dentu,* 1812. — Les Gouttes d'Hoffman, à l'usage des journalistes petits-maîtres... par A.-J.-B. Bouvet. *Paris, Dentu,* 1812. (Avec une curieuse planche coloriée.) — Le Martyre de saint Etienne (en vers), par M***. *Paris, Dentu,* 1812. — Apologie de l'auteur des *Deux Gendres* (en vers). *Paris,* 1812. — Critique raisonnée de la comédie intitulée *les Deux Gendres,* par M. D. J. (Jetphort). *Paris, J.-G. Dentu,* 1812, etc., etc.

107. La Vestale, tragédie (par M. de Jouy). *Paris, Roullet,* 1810, in-8, br. — La Marchande de modes, parodie de la Vestale, par M. Jouy. *Paris, Masson,* 1808, in-8, br. — Castor et Pollux, tragédie lyrique par Bernard. *Bordeaux, P. Phillippot,* 1789, in-8, br. — Les Jumeaux, parodie de Castor et Pollux, par MM. Guérin, etc. *Paris, Duchesne,* 1755, in-8, br. — Les Gémeaux, parodie. *Paris, veuve Duchesne,* 1777, in-8, br. — Les Danaïdes, tragédie lyrique de M***. *Paris, Roulet,* 1817, in-8, br. — Cadet Buteux sortant de la représentation des Danaïdes, pot-pourri, de M. Désaugiers. *Paris, Rosa,* 1818, in-8, br. — Les Petites Danaïdes, par M. Gentil. *Paris, Fages,* 1823, in-8, br. — Soirées dramatiques de Jérôme le porteur d'eau, par M. Ourry (les Danaïdes et la Clochette). *Paris, Eymery,* 1817, in-8, br.

108. Koulikan, ou les Tartares, mélodrame, par M. Amédée de Saint-Marc. *Paris, Barba,* 1813, in-8, br.

Édition originale.

109. La Pie voleuse, ou la Servante de Palaiseau, mélodrame historique, par MM. Caigniez et d'Aubigny. *Paris, Barba,* 1819, in-8, br. (*Ed. originale.*) — Nicolas Farau à la représentation de la Pie voleuse. *Paris, Chambet,* 1815, in-8, br. — Le Singe voleur, ou Jocrisse victime, imitation burlesque de la Pie voleuse, par MM. Désaugiers et Merle. *Paris, Barba,* 1815, in-8, br. (*Ed. originale.*)

110. Proserpine, ballet-pantomime composé par M. Cardel. *Paris, Roullet,* 1818, in-8, br. — Pétrine, parodie de Proserpine. *Paris, Duchesne,* 1759, in-8, br. — Mars et Vénus, ou les Filets de Vulcain, ballet-pantomime. *Paris, Roullet,* 1826, in-8, br. — Les Filets de Vulcain, ou le Lendemain d'un succès, folie-vaudeville, par MM. Dupin et Jouslin de Lasalle. *Paris, Bezou,* 1826, in-8, br. — La Pêche de Vul-

cain, ou l'Ile des fleuves, par MM. Rochefort, Lassagne, etc. *Paris, Brunet*, 1826, in-8, br.

Éditions originales.

111. Le Vampire, mélodrame, avec un prologue, par MM***. *Paris, Barba*, 1820, in-8, br. (*Ed. originale, très-rare.*) — Le Vampire, mélodrame de M. Pierre de la Fosse. *Paris, Martinet*, 1820, in-8, br. — Jacques Fignolet sortant de la représentation du Vampire, pot-pourri, par M. A. R. *Paris, Martinet*, 1820, in-8, br.

112. Marie Stuart, tragédie. par M. P. Le Brun. *Paris, Barba*, 1820, in-8, br. (*Ed. originale.*) — Marie Jobard, imitation burlesque, par MM. Eug. Scribe, Dupin et Carmouche. *Paris, Huet*, 1820, in-8, br. — La Poste dramatique, folie à propos de Marie Stuart. *Paris*, 1820, in-8, br.

113. Jeanne d'Arc à Rouen, tragédie, par M. C.-J.-L. d'Avrigni. *Paris, Ladvocat*, 1820, in-8, br. — Le Procès de Jeanne d'Arc, ou le Jury littéraire, parodie, par MM. Dupin, Dartois et Carmouche. *Paris, Barba*, 1819, in-8, br.

114. La Paria, tragédie en cinq actes, par M. Delavigne. *Paris, Barba*, 1821, in-8, br. (1re édition). — Jocrisse Paria, tragédie burlesque, par MM. Saint-Hilaire et Edmond. *Paris, Quoy*, 1822, in-8, br. — Le Gueux, ou la Parodie du Paria, par MM. Théaulon, Dartois et Ferdinand. *Paris, Barba*, 1822, in-8, br. — Cadet Buteux à la première représentation du Paria, par son secrétaire intime Désaugiers. *Paris, Barba*, 1822, in-8, br. — Louis XI, tragédie, par C. Delavigne. *Paris, Tresse*, 1846, in-8, br. — Louis Bronze et le Saint-Simonien, parodie de Louis XI, par MM. E. Vander-Burch et Ferdinand Langlé. *Paris, Barba*, 1832, in-8, br.

115. Bertram, ou le Château de Saint-Adobrand, tragédie trad. de l'anglais du Rév. P. C. Maturin, par MM. Taylor et Ch. Nodier. *Paris, Gide*, 1821, in-8, br.

116. Le Solitaire, ou l'Exilé du mont Sauvage, mélodrame, par MM. Edmond Crosnier et Saint-Hilaire. *Paris, Quoy*, 1821, in-8, br. (*Ed. originale.*) — Le Solitaire, pot-pourri, par M. C. Th... *Paris, Martinet*, 1821, in-8, br.

117. L'Ecole des vieillards, comédie, par M. C. Delavigne. *Paris, Ladvocat*, 1824, in-8, br. — L'Ecole des ganaches, parodie, par MM. Francis, Dartois et Gabriel. *Paris*, 1824, in-8, br. — L'Ecole des béquillards, ou Il faut des époux assortis, imitation burlesque, par MM. Dumersan et Dupin. *Paris, Barba*, 1824, in-8, br. — Cadet Buteux à l'Ecole des vieillards, pot-pourri, par M. J. Leclerc. *Paris, Duvernois*, 1824, in-8, br. — Don Juan d'Autriche, ou la Vocation, comédie, par M. C. Delavigne. *Paris, Barba*, 1836, in-8,

br. — Jean-Jean don Juan, parodie, par MM. de Rougemont, Dupeuty et Achille Dartois. *Paris*, 1835, in-8, br. — Les Enfants d'Edouard, tragédie, par M. C. Delavigne. *Paris*, *Ladvocat*, 1833, in-8, br. — La Popularité, comédie, par le même. *Paris*, *H. Delloye*, 1839, in-8, br. — La Princesse Aurélie, comédie, par le même. *Paris*, *Ladvocat*, 1828, in-8, br. (*Ed. originale.*)

118. Une Famille au temps de Luther, tragédie, par C. Delavigne. *Paris*, *Delloye*, 1836, in-8, br. (*Ed. originale.*) — La Fille du Cid, tragédie, par le même. *Paris*, *Tresse*, 1840, in-8, br. (*Ed. originale.*) — Le Conseiller rapporteur, comédie, par le même. *Paris*, *Tresse*, 1841, in-8, br. — Les Comédiens, comédie, par le même. *Paris*, *Barba*, 1833, in-8, br. — Le Paria drame (par M. C. Delavigne). *Paris*, *Delaunay*, 1822, in-8, br. — Le Paria, tragédie, par Michel Beer, trad. par X. Marmier. *Strasbourg*, *Levrault*, 1834, in-8, br. — Les Vêpres siciliennes, tragédie, par M. C. Delavigne. *Paris*, *Barba*, 1829, in-8, br. — Les Vêpres odéoniennes, parodie, par MM. Simonnin et Armand. *Paris*, *Huet Masson*, 1819, in-8, br. — Et nous aussi nous chantons les vêpres, ou Fanfan aux Vêpres siciliennes, par M. Ourry. *Paris*, *Eymery*, 1820, in-8, br.

119. Jeanne d'Arc, tragédie, par M. Alex. Soumet. *Paris*, *Barba*, 1825, in-8, fig. br.

120. Jocko, ou le Singe du Brésil, drame, par MM. Gabriel et Rochefort. *Paris*, *Quoy*, 1725, in-8, fig. br. — Martin-Ours à la représentation de Jocko, pot-pourri. *Paris*, 1825, in-8, fig. br.

Rare.

121. Aladin, ou la Lampe merveilleuse, opéra-féerie. *Paris*, *Roullet*, 1825, in-8, br. — La Petite Lampe merveilleuse, opéra-comique-féerie, de M. Scribe et Mélesville. *Paris*, *Fages*, 1822, in-8, br. — La Lampe merveilleuse, pièce-féerie burlesque, par MM. Merle, Carmouche, etc. *Paris*, *Pollet*, 1822, in-12, in-8, br. — Jérusalem délivrée, opéra. *Paris*, *Roullet*, 1812, in-8, br. (*Edition originale.*) — Jérusalem déshabillée, parodie, par MM***. *Paris*, *Masson*, 1812, in-8, br. — Jean de Paris, opéra, paroles de M. Saint-Just, musique de M. Boieldieu. *Paris*, *Vente*, 1812, in-8, br. — Jean de Passy, imitation burlesque de Jean de Paris, par MM. Martainville et Dumersan. *Paris*, *Barba*, 1812, in-8, br. — Robin des Bois, ou les Trois balles, opéra-féerie par MM. Castil-Blaze et T. Sauvage. *Paris*, *Barba*, 1825, in-8, br. — Jérome Gacheux à la représentation de Robin des Bois, pot-pourri. *Paris*, *Mme Vergne*, 1825, in-8, br. — Robin

des Bois, le grand chasseur, peint par lui-même. *Paris*, 1825, in-8, br. — La Favorite, opéra de MM. Alph. Royer et Gust. Vaez. *Paris*, *Tresse*, 1868, gr. in-8, br. — Nannand et Nonor, ou l'Hôpital et les funambules, parodie de la Favorite, par M. E. Yvert. *Amiens*, 1843, in-8, br. — La Petite Favorite, ou le Danger de courir deux lièvres à la fois, parodie, par M. A. Francisque. 1845, in-8, br.

122. La Dame blanche, opéra-comique de M. Scribe. *Paris, Bezou*, 1826. in-8, br. — La Dame noire, ou le Tambour et la grisette, imitation burlesque de la Dame blanche, par M. H....é. *Paris, Barba*, 1828, in-8, br. — Le Prophète, opéra de Scribe. *Paris, Brandus et compagnie, s. d.*, gr. in-8, br. — L'Ane à Baptiste, ou le Berceau du socialisme, par MM. Clairville et Siraudin. *Paris*, 1849, gr. in-8, br. — La Nonne sanglante, opéra de M. Scribe. *Paris, Beck*, 1854, gr. in-8, br. — La Bonne sanglante, parodie, par MM. Varin et Dupin. *Paris*, *M. Lévy*, 1854, in-18, br. — La Juive, opéra de Scribe. *Paris*, *Tresse*, 1869, gr. in-8, br. — La Juive de Pantin, folie-vaudeville, par M. A. de Travers. *Lyon*, 1836, in-8, br. — L'Africaine, opéra de Scribe. *Paris*, *Lacroix*, *s. d.*, in-18, br. — L'Africaine pour rire, parodie par M. P. Boisselot. *Paris*, 1866, in-18, broché.

123. Marino Faliero, par M. Casimir Delavigne. *Paris, Ladvocat*, 1829, in-8, br. (*Avec envoi autographe de l'auteur.*)

Édition originale.

— Mérinos Boliéro, ou l'autre École des vieillards, parodie de Marino Faliero, par MM***. *Paris, Quoy*, 1829, in-8, br. — Marino Faliero à Paris, folie-à-propos, par MM. Varner et Bayard. *Paris, Olivier*, 1829, in-8, br.

124. L'Amphigouri, parodie, par MM. Brazier et Dumersan. *Paris*, *Barba*, 1831, in-8, br. — La Traite des blancs, comédie, par Aimé Bourbon, dédiée à la maison Alex. Dumas et compagnie. *Paris*, *Ed. Albert*, 1845, in-18, br.

125. Richard Darlington, drame (par Alex. Dumas), précédé de la Maison du docteur, prologue, par MM. Dinaux. *Paris*, *Barba*, 1832, in-8, br. — Charles VII chez ses grands vassaux, tragédie, par Alex. Dumas. *Paris*, *Ch. Lemesle*, 1831, in-8, br. — Catherine Howard, par Alex. Dumas. In-8, br. (*Manque le titre.*)

126. La Tour de Nesle, drame, par MM. Gaillardet et (Alex. Dumas). *Paris, Barba*, 1832, in-8, cart. (*Ed. originale.*) — La Tour de Nesle à Pont-à-Mousson, par MM. Théodore Cogniard et Clairville. *Paris*, *M. Lévy*, 1861, in-18, br.

127. Don Juan de Marana, drame, par Alex. Dumas. In-8, br. (*Manque le titre.*) — Don Juan de Marana, drame raconté par Robert Macaire et Bertrand. *Paris, Bezou,* 1836, in-8, br. — Antony, drame, par Alex. Dumas. *Paris, Aug. Auffray,* 1832, in-8, fig. de T. Johannot, br. — Batardi, ou le Désagrément de n'avoir ni mère ni père, par M. Dupin. *Paris, J. Barba,* 1831, in-8, br. — Henri III et sa cour, drame, par Alex. Dumas. *Paris, Vezard,* 1829, in-8, br. — Cricri et ses mitrons, petite parodie, par MM. Carmouche, Jouslin de la Salle et Dupeuty. *Paris, Quoy,* 1829, in-8, br. — Stockholm, Fontainebleau et Rome, trilogie dramatique, par Alex. Dumas. *Paris, Barba,* 1830, in-8, br. — Tristine, ou Chaillot, Surène et Charenton, trilogie, par MM. Carmouche, de Courcy et Dupeuty. *Paris, Riga,* 1830, in-8, br.

128. Angèle, drame, par Alex. Dumas. *Paris, Charpentier,* 1834, in-8, frontispice de C. Nanteuil, br. — Térésa, drame, par Alex. Dumas. *Paris, Barba,* 1832, in-8, br. — Le Mari de la veuve, comédie, par M*** (Alex. Dumas). *Paris, Aug. Auffray,* 1832, in-8, br. — L'Alchimiste, drame, par Alex. Dumas. *Paris, Dumont,* 1839, in-8, br. — Kean, comédie, par Alex. Dumas. *Paris, Barba,* 1836, in-8, pap. vél. br.

Éditions originales.

129. Un Mariage sous Louis XV, comédie, par Alex. Dumas. *Paris, Marchant,* 1841, in-8, br. — Napoléon Bonaparte, ou Trente ans de l'histoire de France, drame, par Alex. Dumas. *Paris, Tournachon-Molin,* 1831, in-8, br. (*Avec envoi autographe de l'auteur.*) — Piquillo, opéra-comique par M. Alex. Dumas. *Paris, Marchant,* 1837, in-8, br.

Éditions originales.

130. La Vénitienne, drame, par M. Anicet-Bourgeois. *Paris, Barba,* 1834, in-8, fig. br.

Édition originale.

131. Chatterton, drame, par le comte Alfred de Vigny. *Paris, Hipp. Souverain,* 1835, in-8, n. rel.

Rare.

132. La Maréchale d'Ancre, drame, par Alfred de Vigny. In-8, br. (*Manque le titre.*)

133. La Nonne sanglante, drame, par MM. Anicet-Bourgeois et J. Mallian. *Paris, Barba,* 1835, in-8, eau-forte, br.

Édition originale.

134. Angelo, drame, par V. Hugo. In-8, br. (*Manque le titre.*) — Angelo tyran de Padoue, drame, raconté par Dumanet.

Paris, Laisné, 1835, in-8, br. — Cornaro, tyran pas doux, parodie d'Angelo, par MM. Dupeuty et Duvert. *Paris*, 1835, in-8, br.

135. Cromwell, drame, par V. Hugo. *Paris, Eug. Renduel*, 1836, 2 tom. en 1 vol. in-8, br. — Le Roi s'amuse, par V. Hugo. *Paris, Duriez et compagnie*, 1843, in-8, br.

136. Hernani, drame, par V. Hugo. *Paris, Eug. Renduel*, 1836, in-8, br. — Ni, ni, ou le Danger des Castilles, parodie, par MM. Carmouche, de Courcy et Dupeuty. *Paris, Bezou*, 1830, in-8, br. — Harnali, ou la Contrainte par cor, parodie, par M. Aug. de Lauzanne. *Paris*, 1830, in-8, br. — Oh! qu'eune, ou le Mirliton fatal, parodie, par MM. Brazier et Carmouche. *Paris, R. Riga*, 1830, in-8, br. — Fanfan le troubadour à la représentation de Hernani, pot-pourri. *Paris, Levavasseur*, 1830, in-8, br. — Réflexions d'un infirmier de l'hospice de la Pitié sur le drame d'Hernani. *Paris, Roy-Terry*, 1830, in-8, br.

137. Marion de Lorme, drame, par V. Hugo. *Paris, Eug. Renduel*, 1836, in-8, br. — Gothon du passage Delorme, parodie de Marion Delorme, par MM. Dumersan, Brunswick et Céran. *Paris, Barba*, 1831, in-8, br. — Marionnette, parodie de Marion Delorme, par MM. Dupeuty et Duvert. *Paris, Barba*, 1831, in-8, br.

138. Lucrèce Borgia, drame, par V. Hugo. *Paris, Eug. Renduel*, 1836, in-8, br. — Tigresse, mort-aux-rats, parodie, par MM. Dupin et Jules. *Paris, Barba*, 1833, in-8, br.

139. Ruy Blas, drame, par V. Hugo. *Paris, M. Lévy*, 1872, gr. in-8, eau-forte par Morin, br. — Ruy-Brac, parodie, par Maxime de Redon. *Paris, Tresse*, 1864, gr. in-8, br. — Le Puff, parodie, par MM. Carmouche, Varin et Huart. *Paris, Marchant*, 1838, gr. in-8, br.

140. Marie Tudor, drame, par V. Hugo. *Paris, Eug. Renduel*, 1838, in-8, br. — Marie Tudor, parodie racontée par Mme Pochet à ses voisines. *Paris, s. d.*, in-8, br.

141. Notre-Dame de Paris, drame, tiré du roman de V. Hugo, par Dubois. *Paris*, 1838, in-8, br. (*Rare.*) — La Esmeralda, opéra, par V. Hugo. *Paris, M. Schlesinger*, 1836, gr. in-8, broché.

142. Bug-Jargal, 1791, roman par V. Hugo. *Paris, H.-L. Delloye*, 1839, in-8, br. — Han d'Islande, roman, par le même. *Paris, Delloye*, 1839, 2 vol. in-8, br.

143. Les Burgraves, trilogie, par V. Hugo. *Paris, E. Michaud*, 1843, in-8, br. — Les Buses-Graves, parodie, par MM. Dupeuty et F. Langlé. *Paris, Detroux*, 1843, in-8, br. — Les Hures-Graves, parodie, par MM. Dumanoir, Siraudin

et Clairville. *Paris*, *C. Tresse*, 1843, in-8, br. — Les Barbus-Graves, parodie des Burgraves, de M. Hugo, par M. Paul Zéro. *Paris*, 1843, in-8, br. (*Très-rare.*) — Réflexions d'un antitrilogiste sur les Burgraves, par le capitaine Pierre Ledru. *Paris*, *Garnier*, 1843, in-8, br.

144. Vautrin, drame, par M. de Balzac. *Paris*, *Delloye*, 1840, in-8, br. — Léo Burckart, par M. Gérard. *Paris*, *Barba*, 1839, in-8, br.

145. Marie, ou Trois époques, comédie, par Mme Ancelot. 1836, in-8, br. — Marie honnête, comédie en vers, par M. Dumersan. *Paris*, *Nobis*, 1836, in-8, br.

146. Robert Macaire, par MM. Saint-Amand, Autier et Fréd. Lemaître. *Bruxelles*, 1837, gr. in-8, br. — Une Emeute à Paris, ou le Voyage de Robert Macaire, par MM. Dupuis et Guillemi. *Paris*, *Tresse*, 1840, gr. in-8, br. — La Fille de Robert Macaire, mélodrame, par MM. Mallian et Barthélemy. *Paris*, *Barba*, 1835, in-8, br.

147. Musset (Alfred de). Comédies et proverbes. *Paris*, *Charpentier*, 1847-1866, 10 vol. in-18, br. (*Editions originales.*)

Un Caprice. 1847. — Le Chandelier. 1848. — Il faut qu'une porte soit ouverte ou fermée. 1848. — Louison. 1849. — Bettine. 1851. — André del Sarto. 1851. — On ne badine pas avec l'amour. 1861. — Carmosine, 1865. — Fantasio. 1866. — L'Habit vert. 1866.

148. Lucrèce, tragédie, par Fr. Ponsard. *Paris*, *M. Lévy*, 1869, in-18, br.—Lucrèce, ou la Femme sauvage, parodie, par MM. Gab. Richard et Ch. Monselet. In-8, br. — Lucrèce à Poitiers, ou les Ecuries d'Augias, tragédie, par M. Léonard de Châtellerault. *Paris*, *Furne*, 1843, gr. in-8, br.

149. Montjoye, comédie, par Oct. Feuillet. *Paris*, *Lévy*, 1864, in-18, br. — Mont-Joie fait peur, parodie, par MM. Siraudin et Ern. Blum. *Paris*, *E. Dentu*, 1863, in-18, br.

149 *bis*. Faust, tragédie de Gœthe, nouvelle traduction complète en prose et en vers, par Gérard (de Nerval), 2e édition. *Paris*, *veuve Dondey-Dupré*, 1835, in-18, eau-forte, mar. bl. fil. tr. dor.

150. Faust, tragédie de M. de Gœthe, traduction en français par A. Stapfer, ornée d'un portrait de l'auteur et de dix-sept dessins composés d'après les principales scènes de l'ouvrage et exécutés sur pierre par Eugène Delacroix. *Paris*, *Motte*, 1828, in-fol. demi-rel. v.

151. Gérard (de Nerval). Faust, tragédie de Gœthe : nouvelle traduction complète en prose et en vers. *Paris*, 1835, in-18, br. n. r. eau-forte.

Édition assez rare et recherchée pour ses variantes.

152. Les Imposteurs insignes, ou histoires de plusieurs hommes de néant de toutes nations qui ont usurpé la qualité d'empereur, de roi et de prince, etc., par J.-B. de Rocoles. *Bruxelles, J. van Vlaenderen*, 1728, 2 vol. in-8, fig. v. marb.

153. De la France, par Henri Heine. *Paris, Eug. Renduel*, 1833, in-8, br. n. rog.

154. Les Galanteries des rois de France (par Vannel). *Cologne, P. Marteau, s. d.*, 3 vol. in-12, fig. demi-rel. dos et coins de mar. v. tête dor. n. rog.

Bel exemplaire.

155. Les Nouvelles du ménage royal sans dessus dessous, par N. Prévost. *S. l. n. d.*, in-8, de 8 pp. n. rel. — Colère du Père Duchesne au sujet de l'affreux massacre des patriotes de Nancy, par les bourreaux aristocrates aux ordres de Rassiat-Bouilli. *S. l. n. d.*, in-8, de 8 pp. n. rel.

156. Histoire des faïences patriotiques sous la Révolution, par Champfleury. *Paris, Dentu*, 1867, in-8, fig. br.

157. La République dans les carrosses du roi (1848). Triomphe sans combat. Curée de la liste civile et du domaine privé, par L. Tirel. *Paris, Comon*, 1850, in-8, br.

158. Le Prisme, encyclopédie morale du dix-neuvième siècle, illustré par MM. Daumier, Gavarni, Grandville, Meissonier, etc. *Paris, L. Curmer*, 1841, gr. in-8, br.

159. Le Jugement dernier des rois, prophétie, par P. Sylvain Maréchal. *Paris, C.-F. Patris, an II*, in-8, br.

Édition originale.

160. L'Exposition universelle de 1867, illustrée. *Paris*, 1867, 2 vol. in-fol. mar. r. fil. tr. dor.

161. Fragments. Naples et Venise, avec cinq dessins par C. Gudin et E. Isabey. *Paris, J. Laisné*, 1836, in-8, fig. br.

162. Le Rhin, lettres à un ami, par V. Hugo. *Paris, J. Renouard*, 1845, 4 vol. in-8, br.

163. Histoire de l'empire de Russie, par Voltaire. *Paris, Renouard*, 1819. — Histoire de Charles XII, par le même. *Paris, Renouard*, 1819. — Vie de Voltaire, par M. le marquis de Condorcet. (*Manque le titre*). Ensemble 3 vol. in-8, pap. vél. portr. br.

164. Annales de l'imprimerie elsevirienne, ou Histoire de la famille des Elsevier et de ses éditions, par Charles Pieters. *Gand, C. Annoot-Braeckman*, 1851, in-8, br.

165. Bibliographie historique et critique de la presse périodique française, par Eug. Hatin. *Paris*, *Didot*, 1866, gr. in-8, à 2 col. br.

---

166. Speculũ sapientie Beati Cirilli episcopi alias quadripertitus apologeticus vocat., in cuius quidē pūerbiis omnis et totius Sapientie Speculum claret. *S. l. n. d.*, gothique. — DIRECTORIUM humanæ vitæ, alias parabolæ antiq. sapientium. *S. l. n. d.*, in-fol. goth. fig. sur bois.

Traduction des fables de Bidpaï. Piqûres de vers.

167. Distractions, par Henry Monnier. *Paris*, 1832, in-4, cart. fig. en couleur.

168. CARLE VERNET. Les Cris de Paris. 100 planches in-4, coloriées, demi-rel.

169. Satyres et autres œuvres de Régnier, accompagnées de remarques historiques. *Londres*, *J. Tonson*, 1733, in-4, fig. texte encadré en rouge, v. marb.

170. Les Avantures de Télémaque, par Fénelon. *Leide*, *Wetstein*, 1761, in-fol. v.

Édition ornée de grandes planches, culs-de-lampe, etc.; texte encadré.

171. Les Principales Aventures de l'admirable don Quichotte, représentées en figures par Coypel, B. Picart et autres, tirées de l'original de Miguel de Cervantes. *La Haye*, *P. de Hondt*, 1746, in-4, fig. v. marb. (*Belles épreuves.*)

172. Les Œuvres de Montesquieu (avec des pièces inédites, publ. d'après les mss. par Bernard, libraire). *Paris*, *imprimerie de Plassan an IV* (1796), 5 vol. gr. in-4, fig. de Moreau, Chaudet, Peyron, Vernet et Perrin, v. f. fil. tr. dor. (*Bel exemplaire.*)

173. Les Trois premiers livres de l'Histoire de Diodore, Sicilien, translatez de latin en françois par Ant. Macault. *On les vent à Paris*, *à l'enseigne du Pot cassé* (*chez Geofroy Tory*), 1535, in-4, de VIII, 154 et 8 ff. avec une gravure sur bois qui représente François Ier écoutant la lecture d'un livre, v. ant.

Exemplaire grand de marges, mais fortement taché.

174. La Vérité des miracles opérés par l'intercession de M. de Paris, démontrée contre M. l'archevêque de Sens, par M. de Montgeron. *A Utrecht*, *chez les libraires de la compagnie*, 1737, in-4, fig. v. gr.

175. Abrégé de la vie des plus fameux peintres (par Dezallier d'Argenville). *Paris, de Bure,* 1745-52, 3 vol. in-4, portr. v. marb.

Bonnes épreuves.

176. Napoléon Ier et la garde impériale, texte par Eug. Fieffé, dessins par Raffet. *Paris, Furne fils,* 1859, in-4, fig. col. br.

177. Le Paradis perdu, poëme, par Milton; édition en anglais et en français, ornée de douze estampes imprimées en couleur, d'après les tableaux de M. Schall. *Paris, Defer de Maisonneuve,* 1792, 2 vol. in-4, mar. r. dent. tr. dor.

Bel exemplaire, en grand papier vélin.

178. Voyage sentimental, suivi des Lettres d'Yorick à Éliza, par Laurent Sterne, en anglais et en français; nouvelle édition, ornée de six figures dessinées par Monsiau. *Paris, Gab. Dufour, s. d.,* 2 tom. en 1 vol. in-4, mar. v. f.

Exemplaire en grand papier vélin.

179. Antiquités nationales, ou Recueil de monuments, pour servir à l'histoire générale et particulière de l'empire françois, tels que tombeaux, inscriptions, statues, fresques, etc., par Aubin-Louis Millin. *Paris, Drouhin,* 1790-98, 5 vol. in-4, fig. cart. n. rog.

180. ŒUVRES DE J. LEPAUTRE. *Paris, chez Mariette, s. d.,* 30 cahiers pet. in-fol. cart.

Chaque cahier contient six planches d'ornement.

FIN.

Paris. — Imprimerie Georges Chamerot, rue des Saints-Pères, 19.

www.ingramcontent.com/pod-product-compliance
Ingram Content Group UK Ltd.
Pitfield, Milton Keynes, MK11 3LW, UK
UKHW021928190726
13853UKWH00002B/923

9 782329 577630